长歌行

中文愛藏版

柒

夏達 編繪

卷次

卷肆拾

選擇

小主公

師父，妳再不加油長個子，

我可要超過妳了。

還真是長了不少

現在都是個獨當一面的小首領啦。

……

妳沒事吧？師父

居然捨得誇我？

阿寶、緒風

14

媛兒！

妳是要跟他們走、還是跟我走？

阿賣

我不擋你，雁行門裡屬於你的那份我已經打點好了

你可以拿了再走。

我師父是個
一言九鼎、
快意恩仇的大俠！

才不是個
虛偽的騙子！

阿寶！

主公！

更何況……
他也沒說錯啊。

他有選擇的權利

若是半年前，
我會說出口的

又與他有何不同？

28

長歌行

中文愛藏版

阿萊

契丹大賀氏的族民，阿爾泰的表哥，和父母在突厥統治下艱辛的生活著，對突厥人敵意極深。

後會有期

好

打點好，
明日便啟程

秦老與羅十八
仍隨在我身邊，
開疆拓土，
還請效力用命

緒風駐守在此，
打探消息，
潛淵待動，
不得有閃失！

另外，此處宅邸
是我等在中原的
最後據點

是

在我穩定之前，
媛娘留在此處，
須得精心教養

還請緒風
多多勞心。

份內之事

長歌行

中文愛藏版

摩會

契丹大賀氏首領之子，是與阿萊情同手足、年紀相仿的玩伴，經常一起出遊打獵，後被隼所救。

薛延陀

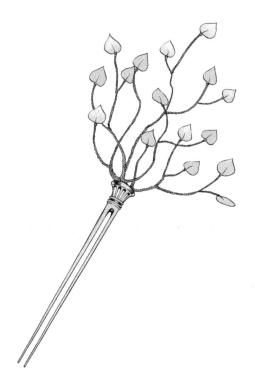

西北 薛延陀領地

若要去回紇又不想被東突厥盤剝，取道薛延陀是最快捷和安全不過。

其實再往西去就是高昌和龜茲，他們的美酒、鐵器、白疊布的利潤相當可觀，

胡商 沙缽利

何必急著北上去回紇呢？

回紇

薛延陀

東突厥

唐

沙缽利先生

薛延陀

東突厥

回紇

薛延陀

你還是先給我們介紹一下薛延陀吧。

薛延陀過去和回紇一塊兒臣屬於東突厥，

現在逃到了西邊，向西突厥稱臣

他們現在的※俟斤叫——夷男，我會領你們去拜見。

在這裡商人很受歡迎，

他們會很高興——若你在此建立商道據點……

※俟斤：唐時突厥部族首領的官名。

有點事，
我先去處理一下，
失陪一會兒。

嚇

我們出去走走吧？

伯父

薛延陀的首領
想必是有大才幹的

不可小覷啊！

在東、西突厥之間
左支右絀，還能發展
壯大至此⋯⋯

看到賢侄
如此生氣勃勃，

老夫也跟著
熱血沸騰起來。

這是什麼話？伯父若稱老，草原無雄鷹矣。

只是不服老不行啊，哈哈⋯⋯

如您所料，襲擊雁行門的果然是東突厥可敦

唔⋯⋯

看來我們已被那位前隋公主盯上了

明知大可汗倚重我們，下手還如此果斷⋯⋯突厥只怕要後院起火啦！

嗯⋯⋯為了火上澆油，我們得去見這位夷男俟斤。

這突厥、薛延陀、回紇語出同源，倒是方便。

當年老夫學突厥人言語很是下了一番功夫的，不想你這小小年紀就說得這樣順溜。

甚至還能辨出回紇人口音，當真後生可畏。

……

因為我學的就是回紇話啊！

兒時聽得母親
是回紇人，

便偷偷的尋了回紇人來，
學她們的言語，
習她們的舞蹈……

想給母親
一個驚喜，

苦練了兩年呢！

父汗看重可敦
和漢人軍師，

為了討他歡心。

把授課先生請去涼亭好好招待，

再把案几、紙墨搬去，

就說天氣炎熱，臨水授課比較清涼

我一會就帶媛娘子過來。

是！

事不過三

你和寶哥哥、秦爺爺都在外面！

……我們是男子，在外面是要工作的。

那六姐姐呢？

她……她的情況特殊，況且她小時候要學的比妳還多呢！

咳……

哦，怪不得她要當男子

我也不要當女子了！

上樑不正下樑歪……

這可由不得妳，老實見先生去。

好久不見啊，

阿寶

更不會像你們一樣還願意為她賣命！

你的確和我們不一樣

說實話，我倒是羨慕被主公視為弟子的你。

羨慕？羨慕她連勸都懶得勸？

是啊！

甚至連你們的師徒情分，

她都害怕成為你選擇的障礙。

照你這麼說她還是好意？

倒是我錯了！

這世上哪有那麼多對錯？

立場不同罷了。

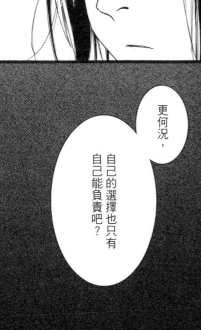

更何況，自己的選擇也只有自己能負責吧？

如果那個牧民指的路沒錯，

明天早起，中午就能進契丹大賀氏的地盤了。

我說……

你姑姑怎麼嫁那麼遠，她還認得你嗎？

我怎麼知道？

我出生前她就遠嫁了

我只知道她叫娥谷，姑父叫阿塔里，還是聽爺爺說的。

沙缽利

胡人大商賈，非常得東突厥
可汗的倚重，精於商道，游
走於胡漢之間仲介貿易。

長歌行

中文愛藏版

君子如玉

是的，圖伽是俟斤的第一個孩子，又生的嬌憨喜人，

別說可汗，我們全族都十分疼愛呢！

想必是位叫人愛憐的小郡主？

可不是

自睜眼後就沒見過戰亂，是個被幸運眷顧的孩子呐。

好美的光澤！

竟然顆顆圓潤無暇，皆一般大小呢！

圖伽妳快看看

你們漢人總說君子如玉，

以前我還覺得奇怪……

現在可知道是為什麼了。

小郡主真是博學啊

不過，

在下可不是君子啊。

榮幸之至。

真奇怪……

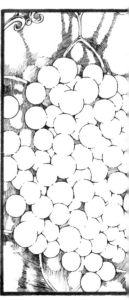

商賈為什麼不可以是君子呢？

薛延陀地處東西要道，商隊往來如織，

而他們不那麼信任西域胡商，反而對失了根基的漢人商隊極力相邀

除了看重我們的潛力……

最重要的是胡商們亦是東西突厥可汗的座上賓吧？

無妨

我們本意就是要挑動突厥後院起火，既然在此有機可趁，當然不能放過。

不必著急。

更何況……

想去回紇多少是因著我的私心，

長歌行
中文愛藏版

薛延陀 夷男俟斤

部族的首領，原屬西突厥治下，後趁亂率族民翻越阿爾泰山歸依東突厥，本身有自立稱汗的野心，溺愛長女。

卷肆拾肆

血脈

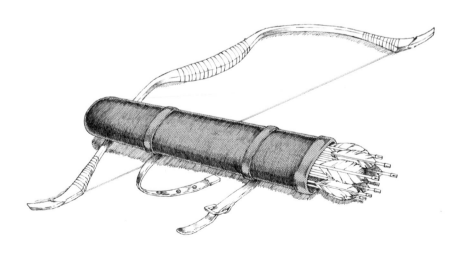

契丹 北境

現在說這些做什麼？

快把人請進屋，再去把你爹叫來！

哦

那…他們是誰？

你們是哪兒的人？

哪？

他們是突厥人……

124

我騎馬去老喀則家換些酒，

珠兒妳好好看家，招待客人。

嗯

……

將……阿隼，

剛才你聽懂了多少？

我看你一臉沒問題的表情？

啊？我以為你聽懂了

他們的突厥話口音很重好不好！

一半吧

……。

將軍…我可以揍他嗎？

喀

薛延陀

如何，秦先生對這兒可還滿意？

滿意、滿意。

俟斤如此關懷，真叫小老兒受寵若驚了。

之前聽沙砵利說你們想向北擴展商道？

這倒叫我好奇，向西去西突厥可汗的地盤上不是更富庶嗎？

是，俟斤好記性。

小老兒沒那麼大的野心，不敢跟胡商們爭地盤，更不敢妄想成為可汗們的座上賓，

蒙俟斤賞識，往北拓展就足夠啦。

你倒是個老成持重的

不敢當

那順便替我拜訪並捎些禮物給回紇俟斤吧。

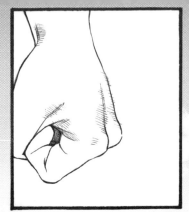

對不起。

喂

不要說得
好像你能代表
突厥人一樣!

我說阿爾泰啊，你這兩位恩人身手可真是不得了，

怪不得能把你毫髮無傷的送過來

你可得好好感謝他們。

噢

來，喝一碗。

這位兄弟

咕嚕

好酒。

雖然不了解，

我總覺得你們不是壞人，

阿萊的話別放在心上。

138

我小時候在突厥遇到他，並且被他救過。

......

具體的我也不是很清楚，

只知道當年他去突厥替以前的老首領辦事，辦砸了，就再沒回大賀氏。

為什麼？

他護送老首領的
獨子去突厥，

卻讓那孩子
死在了那邊。

死了？

薛延陀

妳果真要與老夫一同去？

我同你一塊去回紇。

現在薛延陀基本是拿下了，

妳還不如坐鎮於此，待老夫先去探路。

我可不想留在這兒面對夷男俟斤

長歌行

中文愛藏版

圖伽

夷男俟斤的掌上明珠，生
得嬌憨喜人的小郡主，受
全族人疼愛。

卷肆拾伍

大賀氏

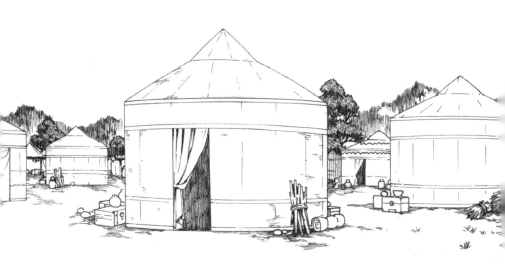

您真的要查下去嗎？

這家人也問不出什麼了，穆金那邊也不能瞞得太久

而且⋯⋯

⋯⋯

我總不能回去問父汗吧？

⋯⋯

將⋯⋯將軍！

我……我是說假如，假如突厥真有什麼對不起您的地方……

亞羅

即使是狼崽子也不會撕咬哺乳過牠的母羊

我是在突厥長大的。

不說你是突厥人……

我就說看著你面善

還真跟我們大賀氏的子弟有幾分相像吶。

不過他們剛來就能羞辱你一頓……

你也太給契丹人丟人了！

放心，我口風緊得很

少站著說話不腰疼，換你還不是一樣！

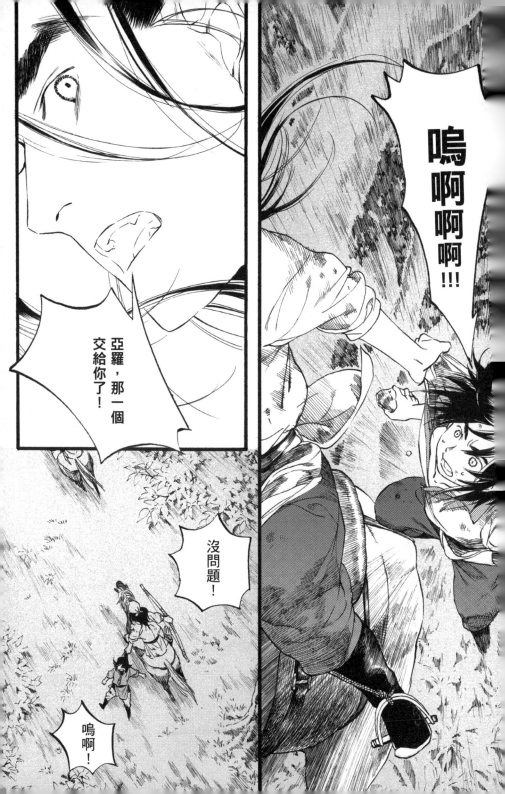

我給他們找點小麻煩。

回紇王帳

大賀氏 咄羅俟斤

契丹大賀氏部族的首領，
摩會的父親。為求族人安
穩過日，他小心翼翼的伺
候著突厥的大官。

卷 肆 拾 陸

救命恩人

我家那小子要有你的一半我也知足啦……

真不知你爹娘怎麼教出你來的，

你的感覺沒錯，這事只怕沒完。

喂

你有沒覺得隼大哥一點都不像突厥人？

你很瞭解突厥人嗎？

噴！要不是突厥使節又上門了，我才不會一大早就跑出來！

還能幹什麼？不就是來要更多的錢財、牛羊、皮毛！

他們又來幹什麼？

成天大吃大喝、見啥要啥，可恨的是我爹還叫族裡的女人去陪他們！

這又不是一天兩天了，你可別又衝動鬧出什麼事來。

……

阿萊，若有一天我也能成為首領……

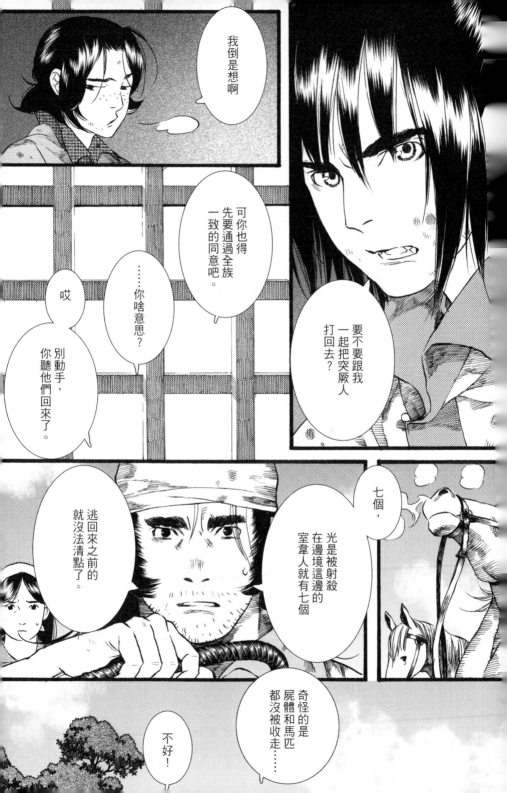

先讓我跟首領的兒子談談吧？

以前有個人告訴我：

從一處到另一處，可走的路有很多條。

回紇現在的首領是藥邏葛氏的菩薩，

自號——頡利發。

聽聞他多智善謀、驍勇嗜戰，性情卻喜怒無常，心思十分難猜……

其母——烏羅渾卻是位慈和嚴明的老夫人

菩薩主外戰，烏羅渾掌內政，

這母子二人將回紇經營得鐵桶一般。

我們此行的突破口，怕是要落在老夫人身上。

正是

所以先由我去交涉？

聽聞老夫人的長女早年歿在亂軍之中，她傷心欲絕，嚎啕數日幾乎昏厥……

此後便是對弱質少女多了一份疼惜之意

妳而今這個模樣，

總之，老夫人的歡心就著落在妳身上了。

哦…

契丹 大賀氏

摩會這孩子，怎麼還沒回來？

不是讓你們看好他嗎？

這會兒又跑哪裡去了？

啊?

老奧丹是我的救命恩人。

噢……

其實我知道的也不多

聽說那孩子死後，我大伯……

哦，老首領是我大伯，我大伯起兵造反，很快就被突厥鎮壓下去了

大伯就死在那場戰鬥裡，大伯母也因此瘋了。

只知道後面的一些事，

還是聽我娘說的

什麼!?

你想見我大伯母?

唉?

是啊

這兩天都咽不下什麼東西……

剛剛※大巫已經來過,他說……

下午又鬧了一會兒,因為俟斤在議事,不敢打擾。

※大巫…部族裡負責祭祀跟醫療的人。

你是以後要成為全族首領的人，

應承別人的請求前也該先掂量下。

能不能當上首領我不知道，我只知道隼大哥不是「別人」

隼大哥是我的救命恩人！

長歌行 第七冊完

長歌行

夏達

關山萬里路 拔劍起長歌

氣勢磅礴 古風盎然

精緻刻畫初唐時期

身陷無情血腥鬥爭的大時代兒女

歷史洪流中的邂逅

漫畫家 夏達的浪漫歌吟

傾全力編繪的動人故事

全球獨家繁體中文愛藏版
高品質印製、超豐富內容
2015全新魅力發行!!

時報出版

本書由杭州夏天島工作室正式授權獨家發行繁體中文版

日本集英社、大陸及台灣熱情連載

網路點擊突破**10億**次!
全球單行本銷售突破**300萬**冊

ACCC 大好世紀創意志業

關山萬里

長歌行

夏達

漫畫原稿展

2016·2·19 Fri ▶ 3·13 Sun
海外首展in台北

誠品敦南店·B2藝文空間　　每日**11:00~22:00**

故事縝密、刻畫細膩、古風濃郁---《長歌行》長篇劇情漫畫為華文漫壇繪出了一派靜醇厚雅緻，不趨附市場、夏達用五年的時間每一筆一畫一字一句刻劃堆砌，一切都源自她對漫畫創作的熱愛、以及邁入漫畫之道至今不曾改變的初心。相對於杭州大規模展出1400張長歌行原稿的氣勢恢弘，海外首展的台北則是一份純粹，除了展出長歌行數百張漫畫原稿之外，還新增了長歌行衍生影音作品等全新元素。

https://www.facebook.com/ACCC.Taipei ＊詳細活動內容請以官方活動發佈為主。

主辦單位　　　　　　　　　　　　　　　　　　　　　　協辦單位　　　　　　特別感謝
大好世紀創意志業　SummerZoo　WeGames 唯晶數位　時報出版　MacLeo Group.　坊敏源元

ACCC／浪漫畫系列009

長歌行 07

時報書碼：VYO2007

作　　　者——夏達
協　　　力——龔寅光、包子、阿飛、阿鳥、卓思楊
監　　　製——姚非拉

責任編輯——曾維新
文字編輯——張毓玲
美術設計——林宜潔
封面題字——喬平

董 事 長
發 行 人——趙政岷

大好世紀
總 編 輯——夏曉雲

出 版 者——時報文化出版企業股份有限公司
　　　　　　10803台北市和平西路3段240號3樓
　　　　　　發行專線—（02）2306-6842
　　　　　　讀者服務專線— 0800-231-705 ‧（02）2304-7103
　　　　　　讀者服務傳真—（02）2304-6858
　　　　　　郵撥— 19344724時報文化出版公司
　　　　　　信箱— 台北郵政79－99信箱
時報悅讀網— http://www.readingtimes.com.tw
電子郵件信箱—accc.love.comic@gmail.com
法律顧問— 理律法律事務所　陳長文律師、李念祖律師

印　　　刷—— 勁達印刷有限公司
初版一刷—— 2016年01月22日
定　　　價—— 新台幣180元

國家圖書館出版品預行編目資料

長歌行7 / 夏達著. -- 初版. -- 臺北市：時報文化, 2016.01
204頁；14.8x21公分. --
　　面；　公分. --（ACCC系列；009）
ISBN 978-957-13-6465 -0　（平裝）
1. 漫畫

Printed in Taiwan